JN097034

細野隆次

Ryuji Hosono

目次

はじめに …… 1

Ⅰ．雑木林 …… 2

一．森の景観 …… 2

二．樹木 …… 3

「ブナ林」

「樹木の形質」

「緑」

三．草 …… 6

「葉鞘」

四．森での鳥類や他の生物 …… 8

II. 森での精神の蘇り …… 11

一. 森との交わり …… 11

二. 心の安らぎ …… 12

三. 森での思考誕生 …… 13

III. 森のささやき …… 17

一. Chloroplast …… 17

二. 森と人類 …… 19

回　顧 …… 21

参考文献 …… 23

はじめに

散歩をしていると様々な刺激を感受する。晴天で穏やかな日和では心が潤され、気力が高まる。郊外の田園の広がりを眺めると、一層心が軽くなる。田園のあちこちに丘があり、その向こうに雑木林が保存されている。

Ⅰ. 雑木林

やがて散策路は丘の雑木林に入る。小道は曲りくねって奥まで続いている。

一. 森の景観

田園から遠くの雑木林を眺めると、小島のような感じである。大樹が天に向かって成長し、大樹のまわりを小樹が支えている。その景観は季節毎に変化する。

二．樹木

遠くからではどのような樹木が森を支えているか、区別がつかない。近寄って行くと、

タブ
スダジイ
オニグルミ
サルスベリ
シンジ（ハナノキ）
マユミ
ウラジロガシ
モミ
スダジイ

エノキ
スギ
マツ
タイサンボク

等が目にとまる。実に多彩な樹木が森を支えている。かなりの樹木は大木で、1人で抱き抱えることは不可能である。数百年以上経過した樹木が多く、何れも天に向かって聳えている。その下を若木や小木が支えている。

「ブナ林」

残念ながらこの散策の森ではブナは生えていない。この地域では標高三〇〇M程でブナが現れる。かってその領域で生活を営んでいた集落の人々にとって周りの雑木林は生活に欠かせない存在であった。彼等はブナを大切に育てていた。やがて集落を閉じ、町で生活するようになった。その結果旧集落ではブナは大樹となって素晴らしい景観を呈している。今やそうした域域は軽井沢に代表されるように、保養地や別荘として利用されている。

北欧でもブナ林は大切に守られている。ブナには他の雑木に見られない幾つかの特徴がある。ブナの樹皮は常に乾燥していてコケ類が生えることがない。降り注いだ雨は葉にとどまることなく、樹幹を介して根に吸いとられる。春が近づくと冠雪は根の周りから溶け稚蔵のようにブナを守っている。またブナには様々な生物が生存している。

「樹木の形質」

森の樹木は日光や周りの樹々、あるいは池や崖等から多彩な刺激を感受し成長過程での葉の大きさや向き等も多彩に変化させる。また雨、風、嵐や雪等の気候変動により、一方の枝が枯れても他は生存を保つ等多彩な気候に適応して生きのびる。

こうした森の生命の営みの動的変化（dynamics）を観察していると、生命力が高まり爽やかな気分が訪れる。

「緑」

樹木を覆う葉の形、色彩や香り等は実に多彩である。発芽から成長過程で上述の環境条件に適応して多彩に変化させて生き抜いている。

三、草

森の大樹の下では多彩な雑草や幼木が茂っている。下を向いて歩いていると、

ナズナ
ハコベ

ホトケノザ
レンゲソウ
フデリンドウ
シロツメクサ
ノアザミ
エノクログサ
ドクダミ
カタバミ
ヨモギ
セイダカアワダチソウ
ヒガンバナ
クズ

等が目にとまる。

「葉鞘」

何故陸地の1／4程が草で覆われているのだろう？　彼等は踏まれても逞しく生き抜いている。動物による侵害だけでなく日光にも逞しく反応している。それは主に葉鞘による。

一般にイネ科植物は、平らで細長い緑葉が上に向かって広がり、地面近くでも葉鞘が支ている構造になっている。そのため新たに生えてくる葉を保護し、成長した葉を支えている。

四．森での鳥類や他の生物

森では植物に加え多彩な生物が生活を営んでいる。目にとまるのは鳥類である。彼等の森での生活様式は多彩で、営巣しヒナを育てるトリから、森から森へと移動して生活する、あるいは南方や北方から季節毎に訪れる鳥類も観察される。

昆虫類は実に多彩で、住宅地で見かけない昆虫が固有の餌を求めて生活を営んでいる。

哺乳類では時折カモシカ等大型動物が山から降りてくることもある。

森を散歩していると様々なトリに遭遇する。姿をみかけることは決して多くないが、あちこちから彼等の囀りが聴こえてくる。こうした彼等から発せられる刺激は森の散歩人に生命力を育んでくれる。森にこだまする彼等の鳴き声は実に多彩で、とても心地良い。一寸でも姿を見かけると、一段と生気が蘇る。

ウグイスは普段は「チヤ!チヤ!」と囀っているが、やがて繁殖期が近づくと「ホーホケキヨ!」と鳴き声をスイッチする。

シジュウカラはしばしば、エナガ、ゴジュウカラやメジロ達と混群で行動している。

彼等はこの森を訪れ餌を啄んでいる。嘴で樹幹を叩いて昆虫を採餌するトリ、実を啄むトリ等その姿は実に多彩である。暫くすると互いにcallし、次の森へ移動する。翌日も定まった時間に混群で採餌に訪れる。

こうした彼等の姿は生存にとって助け合うことの大切さを教えてくれる。北方から越冬で訪れるアカハラはこの森で繁殖する。ツグミも秋に北から訪れ単独行動をしている。こうした渡り鳥は極北からどのようにしてこの森を同定するのだろう。

森で採餌しながら生涯生活を営んでいるトリもいる。あるいはトビのようにどこからか現れ営巣するトリもいる。

Ⅱ．森での精神の蘇り

一．森との交わり

森の樹木は日光、まわの樹々や雨等様々な刺激で生長が変化する。そのため森の樹木は葉の大きさ、姿形が多彩である。散歩ではこうした環境に応じて、一部を枯渇したりしながら身を守る姿を観察している。そうした動的行動（dynamics）から爽やかな感性が育まれる。樹木の下を歩くと心地良い。しかし、小樹は大樹に覆われ、降り注ぐ日光も限られ、そんな姿に接すると哀れになる。

葉は生育し、形、色彩、香等を多彩に変化させる。当然ながらこうした多彩な樹木の生育に接すると、散歩人は生命力が育まれる。そこから彼等への感謝で情動が刺激され、幸福感が訪れる。

このように森を歩くと多彩な刺激を感受する。草木に親しみ、心の中で彼等に語りかける。人生では様々な出来事に遭遇する。その中のいくつかは日常生活に支障を来たすような出来事もある。ところが幸いな事に森では心がスキッ！とし、悩みが消される。それどころか、新たな気力が蘇る。こうした純粋な精神はこれからの生活の支えとなるだけでなく。幸福感を与えてくれる。日常生活では、しばしば植物の生長が目にとまる。春が訪れると、新芽から若葉が、やがて樹幹へと成長する。そうした姿が春の森でも観察され、春が深まると、樹木は成長し若葉がその成長を支えている。

二．心の安らぎ

静しつな森は心に安らぎを与えてくれる。森に入ると自然の中に溶け込んでゆく感じがする。やがて、それまで心に浮かんでいた雑念が消え、代って純粋な精神が蘇ってくる。日常生活での出来事に代って心に安らぎが訪れ新精神が誕生する。感性が高まり、記憶力も強まり、やがて様々な創造性が誕生する。

森に引き寄せられる要因の一つは森の新緑や紅葉にある。また森から発せられる風のささやき、小鳥のさえずり、新たな気力の高まりや季節で異なる森に雰囲気等多彩な刺激がその後に人生に大きな力を与えてくれる。

三．森での思考誕生

森を散策すると、それまで関心を抱いていたことや、中心的課題に焦点が当てられる（下図）。

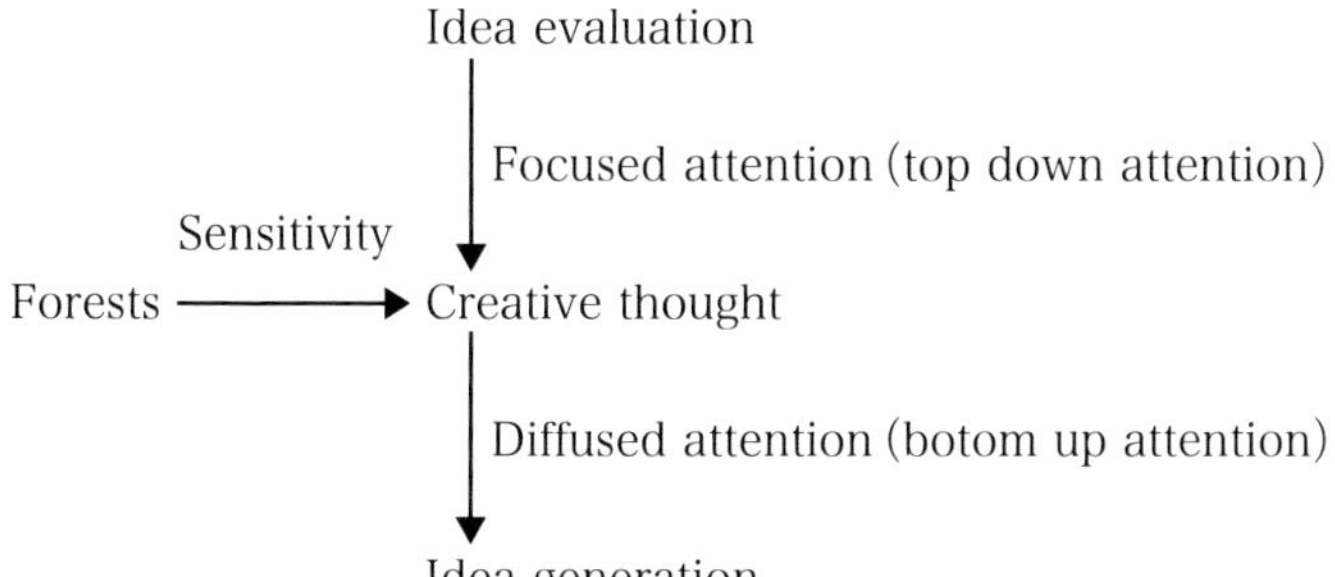

Idea evaluation
↓ Focused attention (top down attention)
Forests —Sensitivity→ Creative thought
↓ Diffused attention (botom up attention)
Idea generation

図　森の散策での創造的思考

森からの多彩な刺激で感性（sensitivity）や思考力が高まり、そこから特定の考えが誕生する。それによって注意（attention）が集中し、特定の idea が誕生する。

森からの刺激は神経系回路網を再構築し、適する情報が伝達される。また複数の刺激に対する反応は注意によって特定行動に焦点が当てられる。こうして十分な適応能を獲得すると、特定の考えが誕生する。更に、試行錯誤（try and error）で desirable idea が獲得される。

このように雑木林では日常生活での雑事から解放され、やがて新鮮な生命力が蘇り、独創的思考が誕生する。この過程でも感性（sensitivity）が思考向上に寄与している。森を出て家に帰っても脳の活性は衰えず、独創性が持続される。このように森に入り静かな雰囲気に囲まれると、深い思考が産まれるだけでなく過去の関心事も想起され、新たな思考錯誤が始まり、そこから創造的思考が誕生する。

このように森に入ると静かな雰囲気に囲まれ心が安らぐ。暫くすると思考能が高まり、日頃考えていなかった新しい idea が浮かんでくる。そうした考えに対し、より考察が深められる。

こうした思考進化の要因は森を歩きながら樹々の色彩、トリ等の囀きや森から発せられる香り等によって五感を介して感性が高まり気力が充実するだけでなく、精神が特定領域に集中され新創造性が誕生するのかもしれない。

新発見はパッと浮かぶことは稀で様々な感情から喜びが沸き、気力が蘇ることが原点である。雑念が消え、開放感が沸き、新鮮な気持ちから生き甲斐や向上心に心がスイッチされる。

それまで心に浮かんでいた多彩な出来事が森の神秘性に包まれると、消えてゆく。それに代わって抑制されていた関心事が高まり、そこに心が集中する。

爽やかで静しつな森では集中力が一層強められる。そこから健全な精神が蘇る。

さわやかな雰囲気では、関心事がより強く蘇る。短時間の滞在でも、こうした爽やかな散歩では集中力が強められ、多彩な角度から課題を追究する。そこから独創的概念が誕生する。森での多彩な刺激から感性が育まれる。感性が不可欠な芸術でも、森での新たな感性獲得は、その後の作品に大きく寄与する。例えば、画家は森で誕生した新たな感性がその後の作品に大きく寄与している。

音楽家は森での風のそよぎ、樹々の揺らぎや小鳥の囀りだけでなく、森から発せられる多彩な香り等からも新たな音声が誕生する。

自然科学に従事する人々は森の雰囲気に刺激され、全く予期しない心の動きから新たな創造性が誕生する。

地球の美しさについて深く想いを巡らせると、生命の終わりの瞬間まで活き活きとした精神力を持ち続ける。

Ⅲ．森のささやき

一．Chloroplast

新葉は黄色の carotinoid の他、多量の chloroplast を含むため緑色を呈する。緑藻や緑色植物も chloroplast を有する。

陸上植物の細胞は通常数百の chloroplast を有する。但し、chloroplast の形や細胞当たりの数は植物の生活環境で変化する。多くの多細胞植物では、chloroplast は直径五～一〇㎜、厚さ二～三㎜の凹凸レンズ形で、内外二枚の包巻に包まれ、内部はストロマ（基質）や脂質とプラストキニンに富むプラスト顆粒（plast granule）及び内幕系（ラメラ構造、チラノイド）がある。

グラナを有する葉緑体では異なった大きさのチラノイドが積み重なり、あるいは複雑に折りたたまれたグラナチコイドがそれを連絡する膜系ストローマにアルカロイド（storomathyl alkaloid）やグラナ間ラメラ（integram lamella）に分化している。

各種の光合成色素や光合成の電子伝達系成分、光合成反応中心複合体や、H＋ATPase等はチラノコイドに存在し、光エネルギーに対する色素の励起、電子伝達、NAD＋の還元、ATP合成までの数チラノイド及びその表面近くで進行する。

これによって生成したNAD＋とATPを用いる二酸化炭素の固定がストローマ中で行われる。葉緑素は固有の葉緑素ゲノムを有し、細胞質を通うして遺伝する。葉緑体はいわば真核細胞の中を区画された、原核生物型の遺伝子系であり、ゲノムDNAの複製や遺伝子発現はその中で行われる。

しかし乍ら、ゲノム遺伝情報は葉緑体を完成するには不完全であり、多くの蛋白質を核遺伝子に依存している。葉緑体を半自律性細胞小器官と呼ぶのは、こうした理由による。葉緑体ゲノムDNAはタンパク質と結合して、葉緑体を形成し、成熟した葉緑体では数百個と言われる核葉体が分裂して存在する。

二．森と人類

シベリア先住民エベンキ民は鹿、カモシカ、ジャコウジカ、クマやトリを弓矢で狩猟した。その時の狩猟具も長柄とナイフだけであった。加えて密林の道路網整備も質素な道具で行い、住居も林から外れた質素なものであった。エベンギ信仰はシャーマニズムで、そこには動物信仰が残されていた

東トウアミンの伝統的主業はトナカイの牧畜で、加えて古代からの野生植物の採取が重要な生活活動であった。

シベリア民族には主霊が住んでいる霊なる木の伝説がある。地形を対象とする庇

護霊、家の庇護霊や道の庇護霊等のオンゴミ（崇拝霊）はヒトが上世に住む霊の仲介者である。シャーマン教は地域霊の儀礼式に使われ聖なる森等に保存されていた。

回顧

人類は地球上に誕生以来生存を常に森に依存して生活を営んできた。そして今も森に接し、生命力を養い懸命に努力を重ねている。このように人類の将来は森に大きく依存している。単に生活を営むだけでなく、争い等の愚かさを排除する手立ても森から学び、再び悲劇を繰り返さないよう努めている。

このように森は人類誕生だけでなく、それまでの、そして将来の平和に大きく貢献している。

「北の森の時間」

森の時間はユックリ過ぎてゆく。ミドリの天空の隙間から青い光が降り注ぐ。その天井の上には水色の風が波打っている。そこに空があり雲や太陽がある。森からの教訓は傷跡として残る。スラトコフはサンクトブルグの森の別荘で暮らし、その森の現象を「北の森」としてまとめた。特にトリに親近感を感じていた。

参考文献

大場秀章
森を読む
岩波書店（一九八一）

姉崎一馬
雑木林
山と渓谷社（一九八四）

畑中あき和
みどりの香り　―青葉アルコールの秘密―
中央新書（一九八八）

レイチェル　カーソン　上条恵子　訳
The sense of wonder
祐学社（一九九一）

ニコライ　ストラコフ　松谷さやか　訳
北の森の十二ケ月　下　―ストラコフの自然流―
福音館（一九九一）

北川裕
英国ガーデン物語　―庭園のエコロジー―
研究社（一九九七）

塚谷裕一
植物のこころ
岩波新書（二〇〇一）

柳宗民
柳宗民の雑草ノオト
毎日新聞社（二〇〇二）

池内紀
森の紳士録　―ぼくの出会った生き物たち―
岩波新書（二〇〇五）

鈴木秀夫
森林の思考　砂漠の思考日本
日本放送出版協会　ＮＨＫブックス（二〇〇八）

Beaty R.E., Benedek H., Silvia P. J. and Schater D. L.
Creative uchucognition and brain network dynamics.
Cell `Press 20 : 87-95 (2016)

細野隆次

創造的思考能　―人類の未来を拓く―

一粒書房（二〇一九）

森のささやき

発 行 日　　令和５年４月22日

著　　者　細 野 隆 次

発 行 所　一 粒 書 房
〒475-0837 愛知県半田市有楽町７-148-１
TEL：(0569)21-2130
URL：www.syobou.com/

編集・印刷・製本　有限会社一粒社

ISBN978-4-86743-173-3 C3045